张新喜——著

枕石集

ZHEN SHI JI

黄河出版传媒集团
阳光出版社

图书在版编目（CIP）数据

枕石集 / 张新喜著. -- 银川 : 阳光出版社, 2023.7
ISBN 978-7-5525-6898-1

Ⅰ. ①枕… Ⅱ. ①张… Ⅲ. ①诗词－作品集－中国－当代 Ⅳ. ①I227

中国国家版本馆CIP数据核字(2023)第134447号

枕石集　　张新喜 著

责任编辑　陈建琼
封面设计　晨　皓
责任印制　岳建宁

黄河出版传媒集团
阳光出版社　出版发行

出 版 人　薛文斌
地　　址　宁夏银川市北京东路139号出版大厦（750001）
网　　址　http：//www.ygchbs.com
网上书店　http：//shop129132959.taobao.com
电子信箱　yangguangchubanshe@163.com
邮购电话　0951-5047283
经　　销　全国新华书店
印刷装订　山东新华印务有限公司
印刷委托书号　（宁）0026636

开　本　787 mm × 1092 mm　1/32
印　张　7.5
字　数　140千字
版　次　2023年11月第1版
印　次　2023年11月第1次印刷
书　号　ISBN 978-7-5525-6898-1
定　价　58.00元

枕石以造山

——《枕石集》序

韦散木

中国诗歌有着悠久漫长的历史。我觉得，如果把中国诗歌比作一座巨大的山脉的话，那么这个传统就是由一座座大大小小、延绵不断的山组成的。当我们爬到高处，望眼一看那些已经成形的山峰，就能认出哪座是“李白山”，哪座是“杜甫山”，哪座是“陶渊明山”，哪座是“白居易山”，哪座是“苏轼山”……而且还会有很多的小丘、山坡、冈岭等，正在或将在这座大山脉里不断生长出来。所以，我想把在中国土地上和中国语言环境下写作的诗人称为“造山者”。

尽管每座“山”都与其他“山”在高低大小诸

多方面各有差异，但是我们还是能够在晚期形成的“山”中找出和前期形成的“山”之间千丝万缕的联系。这些联系，直接或间接地影响着“造山者”，尤其是后期的“造山者”，就可能积累越来越丰富的“造山”经验。

张新喜先生是一位生活在宁夏大地上的当代诗人。他见过各式各样的山峰，也写了不少文章和诗歌，自然算得上是在中国诗歌大山脉中的“造山者”之一。最近，他发来书稿，说要出一本诗集，想请我写一篇序，并真诚地请我一定要写一些批评文字。我想，那就结合自己的“造山”经验来谈谈吧，哪怕这些感受和认识仅是对其“诗山”的一孔之见，或许会对这位虔诚的“造山者”继续“造山”有所帮助。

我在学习并继承了前人的优秀传统（也包括观点和经验）的基础上，总结自己的“造山”经验，就是“四度三法”论。诗词创作的“四度”包括题材广度、思想深度、感情饱满度、技法灵活度；“三法”包括字法、句法、章法。我认为，这是可以指导诗人“造山”和读者“入山”的途径之一。“四度”中的题材广度、思想深度、感情饱满度主要是解决“写什么”的问题，就好比“造山者”想要造什么样的山一样。只有不断地去观察学习、思考体悟之后，才能知道自己心目中的最理想的山是什么样子。字法、句法、章法这“三法”是文字层面的技术要求，是属于诗词的基础建设，也是硬件设施，就像造山所需的土、木、石、水、泥等材料的综合运用，不仅需要扎实牢固，而且要灵活设计。这“三法”和“四度”中的技法灵活度是解决“怎么写”的问题。

我认为，只有把“写什么”和“怎么写”二者都处理好，才能够成为一个优秀的诗人、作家。读者可以通过字法、句法、章法和技法灵活度去分析判断、鉴赏所接触的诗人当前的技术水平，通过题材广度、思想深度、感情饱满度去了解和鉴赏诗人的才识、思想境界和感情等，综合判断当前诗作的质量。所以说，“四度三法”论是检验所造之山质量的一种方式。下面我尝试用“四度三法”论去分析鉴赏《枕石集》里面的部分作品。

题材广度，就是诗人在作品里所呈现的题材种类的广泛程度。从《枕石集》的目录上看，作者虽然是按体裁分类编排的，但仍可以从中看出他涉及的题材非常广泛，上至天文、节令、物候，下至山川地理、花草树木、鸟兽虫鱼，更多的是与自己相关的游览、咏怀、赠答、行旅等人生巨细之事。白居易在《与元九书》中说：“文章合为时而著，歌诗合为事而作。”张新喜先生的大多数作品正是体现这一创作观点。他的诗集中不仅有《除夕》《清明》《元宵夜》《元日》《人日》《重阳前日见鸿雁南飞有怀》《中秋怀女》等四时节令中的感怀之作，更多的作品“即事名篇，无复依傍”，甚至不避讳新名词，如《观华西村别墅楼》《同学会有感》《致七星渠管护段职工》《贺石市诗词学会成立》《硒有田园人家》等，其中还有《咏空调》《机上观云》《清平乐·参加 OIV 学术会议有怀》等描写新时代新事物的诗词作品。

从《致七星渠管护段职工》（三首）这组诗的背景介绍、内容注释可知，虽然属于诗词学会采风作品，但是并非走马观花式的描写，而是把基层农渠职工所作所为所闻所感巧妙地融到诗里，把庭花畦菜、风声雨声、天边星月都纳入其中，可谓是一粒粟中藏宇宙。从诗集里更多此类作品看，他不仅喜欢对传统的“山”进行深入研究，还对新兴之“山”上的事物进行探索思考，尤其是他记录了大时代中个人对新事物的敏锐观察和诗意感受，令人耳目一新。随着张新喜诗词题材的不断丰富，眼界不断扩展，境界不断提升，我相信只要留心生活，勇敢探索，他的“诗山”会造得越来越充实庞大。

思想深度是诗人在作品中表达的思想深浅，也是通过对多首作品进行评判比较而得出的。作者的三观、立场、褒贬态度，都能反映作品的思想。思想之于诗歌，有深有浅。肤浅的作品，往往是浮光掠影式的，停留在事物表面，或是说教，或是人云亦云。反之，能够表现社会和人性的复杂和深刻性的作品，就意味着达到一定的思想深度了。张新喜的诗歌不仅所涉及的题材丰富，而且其内容之深度亦可见一斑。他的一些哲理诗词，就是对生活中为人处世和心态调整的不断思考和感悟。

五十生辰自题

我本东篱采菊人，寄情山水笑红尘。
一壶清茗时光老，半卷诗书岁月新。
几案有琴堪洗耳，灵台无垢自安神。
余生试问归何处？五柳庭前鸡犬亲。

这首七律最能体现他在为人处世和理想人生中的诗意追求。尽管这种思想脱胎于陶渊明，但张新喜很自然贴切地把前贤的高超境界和自己的人生经历结合起来阐述。其中“寄情山水笑红尘”的道家理念，“半卷诗书岁月新”的儒家思想，最后都归到“五柳庭前鸡犬亲”的诗酒田园理想中来。因此这首自题诗，可以代表他的思想深度和境界维度。

他还有一些托物言志的咏物诗词具有较深的哲理寓意。比如《老马》：“驾辕老马倦风尘，遥梦焉支绿草茵。伏枥独嘶悲世路，古来万事不由身。”《食蟹有感》：“六跪二螯惯称雄，横行无忌目中空。烦君且待秋高日，终是难逃青变红。”这两首绝句都是通过咏动物来反映某些社会现象的。《西夏碑》：“史海沉湮六百年，古碑奇字证前缘。雄骁党项今何在，落日临风怅渺然。”这首绝句通过描述西夏的历史和感慨今昔变化，透着一股悲壮而辽远的历史沧桑感。《题独钓寒江图》：“兀坐石礁风雪恶，人生有梦不知寒。”表现了有梦想的人生不畏严寒的打拼精神，具有积极的意义和励志的作用。

张新喜的词亦不乏思想深度。其《蝶恋花·晚春》：“回首浮生如梦路，物是人非，惊觉流年度。凝看夕阳西下去，明年花开人何处？”对变化无常的人生充满了无限感慨，对终极人生的思考使得这首词别具意义。《水调歌头·女儿考取南京中医药大学有寄》“修得仁心术，处处有高桐”则不仅是对女儿个人的志向嘱托，更是表明自己的心志追求，以及对所有志存高远的志士仁人的崇高赞美。这样的作品读之如仰崇山峻岭，如望渊渟岳峙。

人的感情和思想一样抽象，复杂又多变，但感情是可以跨越种族、时空来交流沟通的。因为好的诗词具有丰富饱满的感情，所以古代的好诗词依然能够引起现代人的共鸣，当代人也可以通过好诗词与他人共情。因此，情感的饱满度也是检验诗词作品质量的标准之一。

叶嘉莹在《王国维及其文学批评》论道：如果在一篇作品中，作者果然有真切之感受，且能做真切之表达，使读者亦可获致同样真切之感受，如此便是“不隔”。

因此我认为，如果写出的作品连自己都无法感动，那作品表现的情感也不可能饱满而有张力，更不太可能触动读者。张新喜是真心实意地去“造山”，他深知“造山”之道，必先用情。他的不少诗词，充满浓厚的感情。我们可以在他的诗词中看到他在经营各种感情，不管是亲情、爱情、友情，都是真心投入其中，真挚饱满，立体形象，故而足以感动读者。

与母亲闲聊旧事有忆（二首）

一

北风呜咽扣柴门，一盏油灯老屋昏。

纳完布鞋缝罢袄，鸡声唱晓小荒村。

二

村口鸡啼晓日红，佝偻孤影立风中。

远行学子频回首，犹见慈身望未穷。

虽然只是写景叙事，但却能让读者回到当时真切的环境中，感受到慈母在艰难的岁月里辛勤劳作，以及母亲在清晨的寒风中送儿子远行求学后的佝偻孤影，尤其是“犹见慈身望未穷”更是夹杂着深厚的母子感情，足以催人泪下。另外还有《行香子·慈母八十大寿》这首词是在母亲八十大寿时回忆艰苦往事、峥嵘岁月中母亲的感人事迹，刻画了一位品格高尚的慈母形象。最后献上诚挚的祝福，表达一片孝子之心。

张新喜的爱情诗虽然不多，但是也有代表作。《夫妻树》这首五律托物言志，借景抒情，可以看作诗人对爱情生活的理想状态的刻画。“云间枝叶接，月下梦魂牵”的深情不亚于杜甫《月夜》里写妻子“香雾云鬟湿，清辉玉臂寒。何时倚虚幌，双照泪痕干”。至于“霜恶同携手，春来笑比肩”更是体现了相濡以沫的爱情观。

张新喜有一位学医的女儿。除了前面提到的《水调歌头·女儿考取南京中医药大学有寄》外，还有七绝《送女儿赴南中医大寄语》，都是对女儿考入大学后的殷殷嘱托，既含哲理，又怀深情父爱。另外一首七绝《中秋怀女》体现了慈父对在边关风雪中的女儿的深情思念和关怀、对父母的感恩之情；对妻子的恩爱之情；对女儿的慈爱之情，这些亲情是人伦中最深厚的感情，张新喜的诗词作品就是以这样真切的人伦感情赢得众多读者的共鸣。

当然，他也经常歌颂友情。他写了不少友人、同学聚会的诗词作品。其中如《同窗三十年湖城聚会醉书》《如梦令·同学聚会》《同学会有感》等作品都记录了同窗的深刻友谊。

诗里还有其他丰富的感情，如对在苦难中生活的人们有着悲悯情怀，对人世沧桑和时光荏苒产生悲凉慨叹。其《清明有怀》这首诗怀着苍生大爱，不仅具有悲悯情怀，而且有很高的立意。再如《鹧鸪天·母校所见有感》不仅感慨母校的今昔变化，更是对自己青葱岁月一去不复返的深情悲叹。诸如此类以及更多饱满多元的情感在他的不少作品中都得以体现。

技法灵活度，是艺术家、诗人在其作品中运用艺术表现手法的灵活程度。所谓工匠精神，首先在于掌握精妙高超的技巧，就像庖丁解牛，郢人运斤成风，后来才是由技入道。从古至今，关于诗词技法的论述多如牛毛。我觉得无论是字法、句法、章法，还是其他艺术手法，能灵活运用，便在诗词创作的路上成功了大半，甚至可以将此看作是一位诗人逐渐走向成熟的标志。

诗词除了讲究常用特定的技巧（如声律、对仗）之外，还有很多一般诗文通用的抒情手法、描写手法和修辞手法等，张新喜曾在全国诗赛中多次获奖，我认为他的作品中是有不少写作技法的。

首先，张新喜这本诗集里都是格律诗词，其平仄、押韵、对仗，按谱填词，依则作诗，声律和谐，音韵规范，基本的格律技巧都熟练掌握了。其次，从表现手法来看，诗词离不开“情景”二字，张新喜的诗词也不例外，大多情景交融。其咏花木、咏动物、咏各种新事物等常常用到托物言志的手法。烘托、渲染、对比等表现手法几乎随处可见，细节描写、心理描写也常运用。比如《冰冻窗花》“冰清不似尘间物，应是麻姑鬓上钗”化用麻姑的典故把冰冻窗花拟人化，形象鲜活。《咏柳》“风流还被佳人妒，缘是男儿好细腰”也是拟人手法，再加上用“佳人妒”心理写照来烘托渲染，体现了柳条的婀娜身姿。《山中》“欲寻泉石韵，邂逅一山云”，“邂逅”二字用得精彩巧妙，写出了轻盈清幽的意境。《清平乐·暮春》“笑看邻翁博弈，白头鏖战沙场”，把邻翁下棋的较劲状态，比喻成鏖战沙场一样激情澎湃。《菩萨蛮·蟠桃峪》“岭上百花开，何时王母来”中巧妙化用典故衬托出岭上花开之盛，殷切期待王母来观赏，充满浪漫的想象。《游小南川景区》“危峰笑招手，谁个是英雄”，同样是用拟人手法，景区里的高峰笑着向人招手，把山写活了……可见，张新喜诗词中不乏生动活泼的修辞手法和表达技巧。

诗词技法的掌握，除了要注意上述的音律节奏和修辞手法外，更不能忽略字法、句法和章法这“三法”。因为诗词及文章都是连字成句，缀句成篇的。这“三法”能合理切实地运用好，是创作成功的基础和关键。

先看字法——诗词的用字方法。用字准确凝练而饱含神韵是写好诗词的必要条件，老杜所谓“新诗改罢自长吟”“语不惊人死不休”。我们在创作时，要反复斟酌锤炼，力求以最恰当的文字来表达思想和情感，务必做到用字“精准贴切”“生动传神”“精练简洁”。

且看张新喜诗词中的用字情况。《山居即事》：“推门挤进千峰翠，秀色清风恣可餐。”写千峰翠色“挤”字用得很精彩。《红高粱随想》“但看陇上西风起，十万红樱叩碧霄”，把红高粱比作红缨枪叩向天空，“叩”字显得很有力度。《大佛寺》：“檐深蛛入定，窗静鸟参禅。”这联写景细致，不仅句式好，而且用字也很考究。

字法以精准贴切为根本，兼以生动传神为妙法，就像造山，稳当是第一位的。既要造得扎实牢固，又要美观有个性，这是诗人和造山者的最高追求。

其次是句法——对句子结构的布局与修饰，涉及省略、语序、词性的变化、句型的比较等方面。诗词凝练优美、朗朗上口的语言特性除了与用字有关，还与其特殊的句法结构密不可分。

我读过张新喜的散文，句子非常流畅自如。张新喜的诗词和他的散文一样，在句法上有不少是可圈可点的。例如《雅园见山桃花绽蓓有怀》:“东君助我花先发，占尽山城第一春。”句子流畅整齐，有力量感。《创业者之歌》:“雄心存虎略，豪气独鹰扬。”句子流畅大气，对仗工整。《沙湖》排律中间四联 :“碧水清无那，青葭秀可怜。一隅鱼发发，何处鸟关关。山影摇犹静，蛙声断复连。沙汀飞白鹤，烟浦乱红莲。”每一联对仗都很精彩，不仅化用古语无痕，而且在句式的变化节奏上，追求抑扬顿挫的音乐美，显得很流畅清丽，是继承了前人的优秀句法。《行香子 · 湖中观雪》“顾山无影，湖无色，鸟无踪”，连用排比，却不呆板，流畅而下，也是看点。当然张新喜的有些诗句太简浅，还是有推敲改进空间的，我们不能苛求其篇篇精美、处处绝妙。

最后是章法——整篇诗文的谋篇布局之法，也叫篇法，较之字法和句法更为重要。它体现了诗词创作的逻辑，没有固定程式，灵活多变，但总离不开起承转合这个大框架，要求整篇前后呼应，结构紧凑。就像造山的蓝图，需要合理设计，不能松散、杂乱无章。

《枕石集》中的不少诗词，章法严谨细致，逻辑清晰，通顺流畅，一气呵成。比如《珍珠梅》："三十年前初识君，黉门夹路蔼清芬。今时又见琼英面，遥忆青葱那片云。"这首绝句章法很严谨，先从眼下的植物溯起三十年前在校园里初识珍珠梅这种花，看到它盛开的清芬。第三句转折到眼下又看到的珍珠梅，就仿佛看到了三十年前青葱岁月。通过镜头的交替转换完成，整体气息贯通，环环相扣，句句相连，又能前后呼应，显得流丽自然，如行云流水一般。又如《回乡有感》："阴云漠漠笼荒村，小院湮芜老屋昏。犹记畦庭锄岁月，曾经露井饮寒温。不闻鸡犬声闾巷，但见人家尽闭门。试问乡愁何处觅，一庭烟雨了无痕。”这首七律的章法也很严整。首联先从眼前看到的乡村老家庭院荒芜落寞的景象，领联承首联的小院回忆昔日畦庭、露井的兴盛热闹场景，颈联又转到眼下闾巷不闻鸡犬，人家尽闭门的衰败、凄凉现状，尾联用问句作结，回乡后看到的一庭烟雨茫然萧散，不知更去何处觅乡愁。整体遵照起承转合的方式展示了格律诗章法之美。

通过“四度三法”的分析鉴赏，张新喜的诗词从整体来说，已经具有一定的面目了。他所造的这座“诗山”已经初具规模。心中所要造的山已经露出峥嵘头角，而且“造山”的手法也掌握了不少。

最后，我想说，喜欢“造山”的人，都是有梦想有情怀的人，唯有静心以逐梦，枕石以“造山”，才能实现自己的价值。因此，我愿意抛出自己的经验之砖，结合张新喜《枕石集》中的作品作为例子，希望更多喜欢诗词的人们能够举一反三，对读诗、选诗，甚至“造诗山”有所裨益。

2023年4月14日于北京

目　录

卷一 · 五绝

卷二 · 六绝

卷三 · 七绝

卷四 · 五律

卷五 · 七律

卷六 · 排律

卷七 · 词

卷八·名家点评

卷一

五绝

除 夕

天净冬晖媚，风轻玉牖开。
枝头双鹊语，疑是故人来。

秋 阳

秋老黄花寂，风轻木叶飞。
夕阳无限好，独坐不思归。

鸿 雁

老树恋秋阳，黄花晚节香。

凝看鸿雁远，念念去何方？

秋 收

中秋天转凉，塞上稻渐黄。

知有南方客，工忙不返乡。

清明见海棠花开有怀

陌上春光媚，海棠[①]开正红。
蓦然心怆恻，垂泪忆周公。

腊月二十三渌园闻布谷随吟

立春三五日，天暖惠风轻。
布谷啼何处，新年第一声。

---

① 周恩来总理生前最喜海棠花。

西夏区创建中华诗词之乡有记（五首）

一

历览前贤史，诗兴国运昌。
流风起西夏，大雅独高张。

二

小儿三尺高，负手诵夭桃。
未解其中意，轩然颇自豪。

三

谁家妙龄女，顾盼婉清扬。
一阕长相忆，挥毫惊四方。

四

老翁初学诗，行坐状如痴。
平仄心中驻，言谈韵不离。

五

早岁事从戎，纵横百战功。
归田始研律，花下做诗翁。

秋　分

天碧野云高，花黄木叶飘。
微风吹不动，入眼是清寥。

春　讯

万里彤云合，千山暮雪飞。

茫茫天际外，渺渺一鸿归。

登高遇雨

天暝鸟飞急，山醉乱云横。

且就危亭上，坐听风雨声。

游田州塔

少年读书时，尝登田州塔。倏忽四十年，故地重游有怀。

风催铎铃急，塔影忆曾经。
但见浮云去，匆匆恨不停。

晓雨有赋

雨霁乱云收，枝头雀鸟啾。
素心同草木，濯洗更清幽。

菊

篱畔一丛花，清寥处士家。
孤芳非自赏，有梦在幽遐。

山　花

空谷巉岩上，山花寂寞开。
浮香清且逸，蜂蝶竞相来。

红石布勒沟

空谷无人迹，幽花夹岸生。

行寻水穷处，崖断乱云横。

处暑次日登贺兰山韭菜沟随吟

野迥澄天净，山高绝市嚣。

西风起何处，心与白云飘。

除　夕

天上琼妃舞，人间年味浓。
长街三十里，户户挂灯笼。

壬寅元宵夜有怀

子夜烟花静，中天月正圆。
心忧丰县女，辗转不能眠。

春日有怀

杯中茶至味，案上野蔬鲜。
莫道春将老，小坪花正妍。

刘君馈手工月饼有怀

故人高古谊，遗我一馨香。
中有儿时味，乡情满肺肠。

山中（四首）

一

春山何所见，行处乐清风。
野雉鸣坡上，桃花满壑红。

二

人间春已半，深谷气犹寒。
日昃空潭静，风恬冰瀑残。

三

溪清幽兴发，花好旷怀开。
山鸟殷勤问，客从何处来？

四

涧水奏弦琴，山禽弄好音。
清风若良友，为我净尘心。

山 中

空谷无人迹，雉鸡行处闻。
欲寻泉石韵，邂逅一山云。

无 题

素怀千岭雪，往事一窗云。
日暮西风起，岁残寒愈深。

癸卯大暑前三日雨霁天晴有怀

昨夜风催雨，雷声断复闻。

平明皆不见，散作满天云。

白露次日步星海湖南域有怀

青嶂横西郭，白云停碧霄。

蒹葭与堤柳，无语共清寥。

卷二

六绝

夜行镇原山中

雾浓雨骤云遮，坡陡沟深路赊。

午夜身归何处？客心纷乱如麻。

雪

云外琼妃慢舞，村头玉树高眠。

吟客眸中清景，谁家梦里丰年。

山居

家在青山脚下，门前溪水潺潺。

阶庭鸡犬声在，坡上青牛自闲。

山行

涧泉丰草幽花，日午风清路赊。

山静人声何处，云深犬吠谁家。

卷三

七绝

访友人

柴门茅舍柳丝扬，瓜碧椒红梅子黄。
茗弈不知时已晚，归来犹觉紫萱香。

星海湖踏青

堤岸花开芳草鲜，春风裁柳袅轻烟。
渔翁垂钓清波滟，凫雁划开水底天。

老　马

驾辕老马倦风尘，遥梦焉支绿草茵。
伏枥独嘶悲世路，古来万事不由身。

祁连山

祁连松壑野莓红，寂寞花开幽谷中。
坐看孤云心不竞，从容飘荡任西东。

舍予园

白云迟日湛蓝天，水净林青碧草鲜。
无际野花连远道，依稀梦里到童年。

贺兰秋景

苍崖宿雨漱泉寒，风渡飞云过远山。
谁染秋光如画里，漫坡黄叶下千滩。

题漓江渔父图

细雨斜风白鹭飞，渔人竹筏澹忘归。
此生只钓漓江岸，不问红尘是与非。

观　弈

绿柳青箩倚粉墙，人家小院枣花香。
杯中清茗胸中策，云子轻敲岁月长。

骑　行

贺兰山下两三家，稻野沟渠处处蛙。
苍岭残阳摇欲坠，只疑此地即天涯。

咏胡杨

穷居边地又何妨，过眼红尘千百霜。
醉卧黄沙人莫笑，痴情深处是沧桑。

除 夕

暄暖春晖映客堂，苍兰案几吐芬芳。
倚楼凭眺千峰雪，遥念亲人酒一觞。

元 日

风柔云淡艳阳天，鹊踏枝头唱院前。
岁月如烟轻掠过，游情诗意寄新年。

登　高

重阳时节漫登高，独立山巅意气豪。
忽见长城残垒处，红尘万事等鸿毛。

观菊展有感

绿水秋波姑射神，惊鸿残雪绝凡尘。
熙熙花径频惊叹，不见东篱采菊人。

晓 雨

晓雨霏霏弄翠烟，谁将水墨绘云山？
长街安步林花秀，竦竦风来六月寒。

北戴河宾馆居处即兴

煌煌初日映轩窗，莺鸟催人起客床。
小苑徘徊神气畅，名花修竹水生香。

人日长寿花开有怀

独怜翠叶秀轩窗，细碎花开满屋香。

一抹晨晖春在手，人生闲静味悠长。

向日葵

翠序花盘逐影移，风中颀立为谁痴。

仰头守望芳心待，正是东方日出时。

山居即事

梦里依稀雀鸟欢，映窗红日已三竿。

推门挤进千峰翠，秀色清风恣可餐。

登南山竹海吴越第一峰

吴越人言弟一峰[①]，缆车行处杳闻钟。

山亭静坐聆天籁，时见青筠好鸟踪。

---

① 江苏溧阳南山竹海吴越弟一峰，海拔 508 米，因土壤薄，无竹，故称“弟一峰”。

过江布拉克草原

陌路停车眺雪峰，无垠林海郁葱葱。
云天如幕残阳尽，朗月疏星入梦中。

柳浪闻莺

古木参天一径深，灵禽婉转弄清音。
问厮呖呖缘何意，为有山林自在吟。

拙政园观荷

数茎菡萏竞相妍，翠柳楼台水映天。
小鸭颇知游客意，也随锦鲤戏人前。

北戴河鹰嘴岩观日出

淡星残月晓无声，大海犹眠潮正平。
一抹红霞天际豁，摇摇浴日望中生。

元旦感怀

点点红花艳艳开，闲窗暖日向人来。
诗田有梦春常驻，云水禅心时自裁。

长寿花开有怀

方寸厅堂兰草妆，幽花初绽逸清香。
窗前坦卧冬阳暖，一曲禅音声绕梁。

送女儿赴南中医大寄语

瑶草仙林彼岸花，熙熙学子自天涯。
人生最绚同窗梦，此处相逢即是家。

春分日见山中野桃花有怀

山寒林瘦笑冬穷，才过春分便不同。
涧谷野花谁唤醒，欣然摇曳晓风中。

题独钓寒江图

江流无语野云宽，瘦影伶仃神自安。
兀坐石礁风雪恶，人生有梦不知寒。

除　夕

璀璨烟花丽夜空，欢歌笑语秀屏中。
举杯共祝祈三愿，人好家和国势雄。

有　寄

寄意湖山万事轻，烟波独棹与鸥盟。
闲来涂抹云笺上，宋韵唐风自在耕。

小园静坐

草自葳蕤花自开，莺儿燕子竞相来。
人间些许烦襟事，对此春光亦释怀。

雅园见山桃花绽蓓有怀

百亩林园物候新，万千蓓蕾赴红尘。
东君助我花先发，占尽山城第一春。

雅园漫兴

时近清明日渐长，雅园坪草半青黄。
春风轻薄桃颜醉，布谷频催柳眼张。

谷雨后三日渌园听鸟有怀

小园渐觉已春深，参树葳蕤一径阴。
林鸟嘤嘤歌不厌，红尘若个识其心？

参加志辉源石酒庄海棠节有怀

贺兰山下翠云乡，暖日熏风醉海棠。
莺鸟林间争巧舌，声声清韵自成章。

山　行

何处泉声唱不休，山花山草共清幽。
多情最是林间鸟，百啭千啼劝客留。

雷雨夜即书

雷霆闪电撼高楼，骤雨滂沱肆意流。
辗转心忧眠不得，农家麦熟待人收。

东 篱

东篱野菊弄清香，但见蜂飞蝶舞忙。

疑是三春归复返，回眸落叶满坪黄。

黄沙古渡见鸿雁西归有感

千里长河百里沙，渡头落日冷蒹葭。

西风雁阵声声远，渺渺云山何处家？

食蟹有感

六跪二螯惯称雄，横行无忌目中空。
烦君且待秋高日，终是难逃青变红。

弈　棋

鹤庭平地起风波，三五良朋战楚河。
一局枰棋夕阳晚，萧闲岁月任消磨。

荷　塘

谁言心静自然凉，热浪煎熬几欲狂。
好是城南最偏处，荷风柳影共时光。

无　题

一山一寺一孤僧，一磬一茶一卷经。
一念一生一惆怅，一香一烛到三更。

岁　除

红花艳艳倚窗开，异处亲人次第来。
把酒言欢多少事，峥嵘岁月最萦怀。

访山里人家

闲向云林深处行，遥闻犬吠杂鸡鸣。
两三门户山陲下，小院人来雀不惊。

赴三沙途中

随波逐梦向三沙，海际残阳醉晚霞。
宿鸟归飞明月起，涛声伴我到天涯。

山中访友

畦菊金黄霜叶红，阶庭硕果醉秋风。
一坛老酒天晴好，往事悠悠笑语中。

雨后游北固山①

南徐城外雨初收，四面风光多景楼。
前事如尘何处觅，游人逸兴说孙刘。

游金山寺感怀梁红玉

翠袖蛾眉著战袍，红妆击鼓亦堪豪。
湖山犹有伊人迹，碧血丹青万世标。

---

①北固山，位于江苏镇江，因横枕大江，石壁嵯峨，山势险固得名。

浅　秋

一院蔷薇醉浅秋，白云来去自悠悠。

窗前坐隐[1]流光晚，木叶飘飘欲入楼。

贺宁夏文史研究馆成立七十年

散帙褰帏著史编，传承文脉继前贤。

英才汇纳云旗下，再领风骚二百年。

---

① 坐隐，围棋的别称。

晓　行

唐徕渠畔雨初收，落叶萧萧满目秋。
寒鹊老枝声瑟瑟，秽芜残菊使人愁。

泸州诗酒会醉酒有感

持身不饮已经年，一入泸州频醉眠。
四海相逢多雅客，半因美酒半诗缘。

海南文昌风动石

谁将巨石遗南天，风雨沧桑数亿年。
纷沓游人来复去，鸥飞浪卷自恬然。

陌 上

春来陌上野花妍，阿妹阿哥放纸鸢。
丝线悠长牵梦远，鸾凰比翼舞青天。

客　来

泸州老窖卅年藏，玉液盈杯满院香。
桃李春风明月夜，与君共醉旧时光。

老　子

谁传大道五千言？函谷关前溯本源。
紫气氤氲迷旧事，青牛西出了无痕。

悲屈原

情寄幽兰格自高，丹心一片赋离骚。
楚歌唱尽无人解，信是西风利似刀。

春分有寄

老树抽芽又一春，天时人事几番新。
莫言聚散姻缘定，尘梦凄迷忆不真。

星海湖见归雁有感

参寻春色步从容，老木干枯冰半融。
疑是东君眠未醒，数声鸿雁出云中。

过祁连山

陌路停车眺雪峰，雪峰缥缈半云中。
牧歌声里牛羊过，好鸟啼来松谷风。

咏柳絮

体自轻轻腹自空，行巡天下但凭风。
一朝跌落污泥里，斯世始知雌与雄。

晓游星海湖

万千堤柳舞春风，十里桃花别样红。
一路晨曦鸟声醉，赏心长路与谁同？

咏毛芋

吾素喜食毛芋，家中常贮之。春节前，一芋生出绿芽，妻将其置入笔洗，浅水培之。不日，生出两片叶，状如荷，亭亭净植，摇曳生姿。甚悦，因以咏之！

一盂浅水即安身，翠叶亭亭欲出尘。
怜我归来神色倦，清姿摇曳欲迎人。

泸州滨江路随吟

沱水悠悠步道长，林莺邀我共晨光。
无边秋色吟眸醉，一路诗心向远方。

参观泸州老窖窖池

泉水甘甜入口凉，明清古窖几沧桑。
芳林鸟啭游人醉，半是花香半酒香。

观华西村别墅楼

梦里大同何处觅？家家别墅喜盈门。
高楼绿树三千户，缘是神州第一村。

咏　柳

舞起春风千万条，天生袅娜自妖娆。
风流还被佳人妒，缘是男儿好细腰。

渌园雨中即兴

斜风细雨弄清新，泣露梨花倍觉亲。
耳畔莺啼声恰恰，赏心长路更何人。

天　马

汉家车阵列雷台，天马行空任去来。
一瞬青冥千万里，奋蹄矫首自雄哉。

西夏碑

史海沉湮六百年，古碑奇字证前缘。
雄骁党项今何在，落日临风怅渺然。

同学会有感

岁月斑斑不觉深，同来携手几知心。
停杯但看筵前客，斯世谁人共醉吟。

癸卯暮春

三日风沙五日霾，经时寒雨乱心怀。
落红不许春留驻，一径伤情无处埋。

贺石市诗词学会成立

黄河两岸贺兰东，旖旎风光尽此中。
且向云笺挥彩笔，勾描桑梓好颜容。

致七星渠管护段职工（三首）

2020年6月29日，随宁夏诗词学会到中宁县七星渠闸口采风。归来当晚，夜不能寐，七星渠基层职工的精神深深感动着我，遂连夜奋笔疾书，终成三绝。谨以此诗向工作在七星渠一线职工和宁夏引黄灌区所有农渠职工致敬！

一

偏居渠畔远红尘，举目清零三两人。
闸口归来休憩晚，庭花畦菜最相亲。

二

日出巡堤夜值更，经年辛苦负平生。
梦魂几度时惊起，凝听风声杂雨声。

三

春耕乍过夏耘连，水稻扬花[①]到眼前。
谁解农渠人苦乐，天边星月最相怜。

---

① 水稻扬花期是水稻需水量最大时期，此时缺水会造成水稻“卡脖子”旱，严重影响产量。这一时期也是一年中降水最多、防汛任务最艰巨、农渠基层职工最繁忙时期。

星海湖南域见菊盛开戏题

一丛粉白一丛红，淡荡花开荒野中。
许是西风寄良讯，倾身摇曳待陶翁。

癸卯清明

凄风冷雨若穷秋，惊见千峰雪白头。
检点春归无几日，乱红委地恨难收。

除夕夜家人团聚畅饮有感

百战将军漫自夸，五洲博览世人嗟。
旧时权贵杯中物，今入寻常百姓家。

硒有田园人家

三分庭院一分花，苍翠藤廊吊瓠瓜。
七十老翁林下坐，闲观微信慢煎茶。

九月望日大雪北武当赏红叶随吟

玉龙狂舞几时休，草木萧萧难奈秋。
一片茫茫银世界，漫坡红叶独风流。

机上观云

白衣苍狗太匆匆，旋见冰山亘海中。
气象千般皆是幻，穿云破雾尽成空。

晚 秋

贺兰山下草如霜，落叶飘零一径黄。
波上西风吹不展，归鸿声里送斜阳。

听 琴

红妆素手理丝桐，宇外徐来魏晋风。
信是雪飞梅乍破，清音逸韵沃胸中。

题东侠荷花图

一池烟水起微波，习习熏风动芰荷。
闲看清姿摇曳处，赏心乐事不须多。

题云水禅心雅集

诗书雅乐一壶茶，云水情怀气自嘉。
但有西园佳客在，素心佳句赋生涯。

登笔架山

百丈危峰直入天，石阶迢递迴三千。
山花怜我攀登苦，一路相陪到岭巅。

访星海湖北域荷花池

一抹晨曦染碧波，晓风唤醒梦中荷。
恼人最是湖心处，双鹤翩翩舞且歌。

与母亲闲聊旧事有忆（二首）

一

北风呜咽扣柴门，一盏油灯老屋昏。
纳完布鞋缝罢袄，鸡声唱晓小荒村。

二

村口鸡啼晓日红，佝偻孤影立风中。
远行学子频回首，犹见慈身望未穷。

读《爱莲说》有感（三首）

一

朱门魏紫斗姚黄，骚客争相赋锦章。
谁念碧波摇翠叶，荷风十里逸清香。

二

红尘草木百花妍，周子高标独爱莲。
斯世偕行谁与共，万千后学蹈前贤。

三

百字精文意蕴深，清新隽雅涤尘心。

千年一觉濂溪梦，浩渺烟波何处寻。

渌园即景

一园寒绿杂苍黄，木叶纷飞即景凉。

鸟雀不知秋已尽，枝头犹自噪斜阳。

咏太平花谷四首（四首）

一

春草欣欣泾水汤，春风春雨杏花香。
鸟啼翠柳春光美，春在太平花谷藏。

二

万亩园林气象新，云蒸霞蔚艳三秦。
东风一夜花纷落，芳径无人玉作尘。

三

娇姿艳质本仙根，天遣当令二月春。
犹是融冰消雪日，一枝红杏最堪珍。

四

寒风呼啸漫天涯，雨雪霏霏锁万家。
辗转床头眠不得，杏园昨日已开花。

印象鄂尔多斯（三首）

一

野花缀草草连天，信马游来不著鞭。
何处牧歌声袅袅，随风飘落到身前。

二

绿草茵茵铺锦毡，老槐树下正堪眠。
清风洗尽心中垢，梦里依稀又少年。

三

琴声燕舞动毡房，美酒羔羊分外香。
鸿雁天边歌不歇，逐欢何惜醉他乡。

故　居

二十年来寄此身，一花一叶故情真。
绸缪最是门前柳，向我依依诉别频。

立冬后三日瀛洲花园见月季花感赋

谁言菊后再无花，一树清香艳岁华。
许是天怜寂寥境，故留孤秀几枝斜。

日暮欲雪有怀

阴云漠漠裹山川，瑟瑟寒风欲雪天。
询觅杯中旧时味，故人萧索意茫然。

星海湖之春

桃花粉白柳初黄，湛澹清波鸟颉颃。
渔叟先知春水暖，一竿独坐钓斜阳。

观梅花有感（三首）

一

我与梅花约有期，年年新岁吐清姿。
人花相对心怡悦，一样孤怀君可知？

二

君有清香我有诗，高情逸韵两相宜。
不须惆怅寥萧日，信是春前第一枝。

三

玉骨冰魂别有神，梅花山上早知春。
赊来十里清香气，涤我灵台无俗尘。

沈总招饮与陆刘旧友欢聚有作

三十年来一梦中，雪泥踪迹怅飞鸿。
相谋学圃西山下，斗酒弈棋谁与同？

贺兴方兄《山泉流韵》诗集付梓

谁将彩笔遗刘君，赋就奇瑰锦绣文。
空谷山泉流韵远，巉岩兰菊自清芬。

冰冻窗花（二首）

一

昨夜寒风锁万家，晓来惊见玉晶花。
冰清不似尘间物，应是麻姑鬓上钗。

二

清姿寒蕊本天成，风剪霜侵自发生。
犹记那年童趣事，呵窗闭目舐冰晶。

参观六盘山红军长征纪念馆有怀

图文详览缅英贤，浩气长存青史篇。
浴血忠魂窅何处，青松碧嶂共云眠。

晚　秋

斜日霜林一径凉，蒹葭野水两茫茫。
吟情不为穷秋废，缘是风前有菊香。

沙尘天随赋（二首）

一

千里黄云万里沙，尘霾漫漫暗天涯。
高楼白昼浑难见，坐卧心忧那树花。

二

尘埃肆虐九州惊，纡郁愁心塞不晴。
我寄长风吹万里，尽驱霾雾复清明。

悼袁隆平院士（二首）

一

神州处处稻禾丰，尚有人间梦未终。
应是勋垂功卓越，仙书诏入玉华宫。

二

风悲雨泣复云愁，湘水呜呜空自流。
遍览稻畴人不见，只缘禾梦作仙游。

重走六盘山红军长征路有感（三首）

一

涧底清溪陇上云，那年往事可曾闻？
我今重走长征路，碧草幽花意倍欣。

二

幽花摇曳草如茵，鸟啭山林最可人。
昔日长征烽火路，今成圣地客来频。

三

六盘云绕碧峰晴，小径通幽好鸟鸣。
领袖当年赋诗处，导游逸兴说长征。

登长城有怀

残垣烽堠两萧寥，雪岭冰河一望遥。
欲问前朝兴替事，朔风吹过乱云飘。

立冬日北武当河漫兴

碧波潋滟一鸥轻，野鹊枝头争乱鸣。
木叶无风飘自落，蒹葭不语立寒汀。

《海韵诗文集》付梓致贺

奋蹄老骥不须鞭，清雅襟怀犹少年。
美酒千杯心自逸，醉成佳赋世间传。

海南霸王岭闻猿声有怀

云溪山径晓寒轻，林壑猿声动怆情。
何事悲来啼不绝，衔哀每使客心惊。

春　游

桃红李白各风骚，新柳翩翩舞细腰。
小女自知颜色好，轻衫素面斗妖娆。

清明有怀

悲风惨日近清明，遥忆先人心不平。
祈愿天堂衣食足，莫因生计苦营营。

晨行北武当河生态公园

斑驳晨曦一径深，堤林岸草遍鸣禽。
俯鸥掠破云天梦，撩乱清波十里心。

观旧北长城有怀

矫若长龙势接天，曾经烽火御狼烟。
帝王伟业征夫泪，无限沧桑到眼前。

珍珠梅

三十年前初识君，黉门夹路蔼清芬。
今时又见琼英面，遥忆青葱那片云。

果农（二首）

一

一树金黄一树红，累累硕果醉秋风。
农家把酒庭前坐，笑与邻人话岁丰。

二

农家何事最关情？手有余钱仓廪盈。
今岁果蔬成色好，田间劳作一身轻。

霜降日北武当河漫步有怀

一夜西风咽不停，晓来天迥气澄清。
长堤衰草寒林里，土蜇潜踪齐噤声。

红高粱随想

铁骨铮铮不折腰，晓风霜月惯萧寥。
但看陇上西风起，十万红樱叩碧霄。

壬寅秋分见玫瑰有怀

曾伴东君一路行，又携夏月结欢情。
而今零落枝头老，枉负风流半世名。

农 家

云静风轻畦径长，唐渠两岸稻花香。
农家浇水归来早，四处蛙声乱夕阳。

咏玉兰花

草半青黄柳始芽，小庭惊见玉兰花。
临风俏眼枝头笑，应是春来第一家。

雨水日星海湖寻春有感

寻春迤逦向东行，冰未消融柳未萌。
偶向湖心亭上坐，暖风拂面若含情。

壬寅清明七日后沙尘天有感

昨夜西风啸不停，晓来霾晦雾昏冥。
人心已共春情暖，横逆乾坤焉得成？

梅岭玉

梅岭青葱玉有魂，白云翠竹隐孤村。
清溪湍石行经处，良渚文明见一痕。

参观孙中山故居有感（四首）

一

兰溪缓缓绕江村，国父遐踪尚有痕。
百岁云烟轻掠过，一轮明月照归魂。

二

风雨飘摇百十年，赭楼旧物述前缘。
家山犹记斯人事，一脉灵根道可传。

三

投身革命走天涯，四海飘零处处家。
觅得仙方期济世，桃花源里种桑麻。

四

星移斗转一年年，入眼繁华世事迁。
国父有灵当笑慰，巨龙矫首舞青天。

春到农家

春风如约到农家，撩罢杏花撩李花。
布谷最知时令事，催人早晚理桑麻。

咏空调

过午骄阳似火烧，炎蒸热浪正嚣嚣。
掌中遥控红灯闪，一键厅房暑尽消。

咏猴（二首）

一

方啖蟠桃又采花，林泉幽壑乐生涯。
负儿悠荡秋千上，似此逍遥有几家？

二

攀援跳跃戏崖前，只记花开不记年。
笑问世间名利客，何曾能有此悠然？

山 中

三五闲云岭上飘，残垣烽堠两萧寥。
自经疫乱同游少，唯有清风是故交。

星海湖南域

花蹊苇岸踏清风，渺渺云山似画中。
鸥鹤声声啼不住，约人又过小桥东。

过北武当昔年植树处有怀

一

一坡槐柳一坡松，禽鸟和鸣兽有踪。

蜂蝶纷纷何处去？繁花嫩蕊吐香浓。

二

经年植树喜成林，葱郁东坡草径深。

禽鸟颇知幽趣乐，向人婉转递清音。

重阳前日见鸿雁南飞有怀

红叶黄花一径秋，苍葭无语白汀洲。
伤情最是云中雁，千里关河去不留。

中秋怀女

蟾轮窗外十分圆，遥忆边人夜不眠。
绝域高原风雪恶，愿儿喜乐且心安。

两地书

一

高楼极目望天涯，寒气萧森锁万家。
闻道东湖梅已发，隔屏可寄一枝花？

二

江城夜雨忆天涯，梦里片时疑到家。
待得云开霾散日，与卿小院赏桃花。

卷四

五律

咏贺兰山

贺兰风景异，峭壁石嶙峋。
林寂时闻鸟，山空不见人。
崖前松似盖，涧底草如茵。
坐看云来去，清风涤俗尘。

踏　青

蛰居城市久，思与自然亲。
野水波光滟，晴山曙色新。
风柔花弄影，日暖雁鸣春。
最爱堤边柳，轻黄色未匀。

登高（新韵）

癸巳年九月二十二日，予登贺兰山北武当景区最高峰。蜿蜒长城尽收眼底，墩台孤立，烽烟不再，满山衰草枯木，景象凄凉。感岁月倏忽，人生须臾，因赋之！

登高穷大观，身在白云端。
古刹钟声杳，长城烽堠残。
山光兴怆恻，秋色意阑珊。
坐看风烟起，萧然天地间。

冬日即兴

寒天无所适，漫步涉高冈。
雪映流云醉，风吹落叶扬。
深山鸣野雉，峭壁走岩羊。
最是苍松劲，岿然傲晚霜。

无　题

人生不称意，回首自茫然。
遥忆垂髫事，忽惊知命年。
岁华耽宦海，魂梦系园田。
宇外白云过，心飞西塞山。

青山公园

风轻迟日媚，春色漫无边。
堤柳浑如画，湖波别有天。
花明留客赏，鸟语动人怜。
野老长亭坐，弦歌乐暮年。

游贺东酒庄

林园微雨后，石径净无尘。
楼外青山碧，庭前绿树新。
芳花含玉露，美酒醉嘉宾。
但爱清幽境，平生愿比邻。

立春日降雪有赋

大雪知人愿，随春降瑞来。
翩翩飞陌野，渺渺落亭台。
眺览山川老，登高块垒开。
悠然天地外，吟啸复徘徊。

雅园漫吟

五月芳菲歇，山城行处幽。
白云生远岫，绿树隐高楼。
日暖莺声嫩，风清柳絮柔。
心中无俗事，缓步意悠悠。

苏峪口

沟深山路陡，斗石满坡滩。
幽壑斜晖寂，白云苍翠寒。
鸟惊鸣草木，人语隔林峦。
凭眺尘寰外，跻攀兴未残。

杏花村随想

云停秋浦岸，雨洗杏花村。
几处炊烟袅，谁家酿酒醇。
三杯真快意，一醉独销魂。
兴发诗留壁，大唐风韵存。

悼杨君

惊闻故人逝，辗转不成眠。
遥忆同窗梦，谁怜结义缘。
弦歌知雅意，杯酒趁华年。
念此青春殒，思之泪惨然。

参加泸州诗酒节有感

酒是泸州好，声名四海闻。
高情咏骚雅，嘉会际风云。
抚景清秋爽，寻幽翠蔼芬。
江滨安步走，不饮亦微醺。

访　荷

正午访南塘，波明颢气凉。
云来飞鹤瘦，风过藕荷香。
渔父垂纶静，儿童戏水忙。
幽林啼好鸟，小径独徜徉。

西部影视城

塞上雄浑地，沧桑影视城。
老街多朴拙，古堡蕴风情。
牧马荒原过，驱狼大漠鸣。
东方好莱坞，奇迹世人惊。

咏胡林翼

湖湘何有幸，山水蕴胡公。
济世功名著，回天意气雄。
文章存大略，谈笑激清风。
船到中流止，哀哉悲不穷。

志辉源石酒庄

凤城花事晚，源石正当春。
林径梨花艳，池堤柳色新。
树幽啼好鸟，酒洌醉嘉宾。
始信桃源梦，偏居乐有真。

龙泉村

仙源路不遐，林麓隐人家。

泉涌陂塘石，庭开桃李花。

儿童喧笑语，野老话桑麻。

欣羡田园乐，卜邻安岁华。

步韵沈华维《与西夏诸诗友小聚归后》

塞上吟朋聚，双颊映酒红

名贤襄盛事，佳句激清风

游宦情犹在，归休梦不空

素心尘不染，云路自相通

庚子劳动节诗友小聚有怀

疫后初相聚，欢情倍复常。
宴游酬岁月，谈笑论诗章。
兴发何妨醉，怀开不觉狂。
归来无俗事，一梦到仙乡。

有朋寄茶有赋

良朋馈佳茗，千里寄情亲。
脉脉寻常事，匆匆三十春。
清香怡肺腑，翠叶悦心神。
何日云林下，重将琴韵陈。

咏龙井茶

江南名胜地，山水自相亲。
风韵千年仰，佳名四海珍。
芽肥香沁齿，叶翠色怡神。
邀约青云客，吟哦品早春。

大佛寺

空山藏野寺，脉脉几多年。
岭上浮云过，阶前蔓草连。
檐深蛛入定，窗静鸟参禅。
莫问尘心事，荣枯自有缘。

初三日纳家楼嘉会拈尤韵有赋

叶落一庭秋，云停水岸楼。
名贤开雅抱，吟客话风流。
意远诗盈腹，情真酒满瓯。
嘉会多契阔，高咏共赓酬。

访　友

闲庭松竹翠，篱菊醉斜晖。
山近禽踪密，地偏人迹稀。
年华悲渐老，世事怅多违。
木叶飘然落，何时倦鸟归。

云上田园人家

家住青山下，门前溪水流。
春来花事早，晨起鸟声幽。
云海诗常在，梯田画不收。
陶然一杯酒，岁月复何求。

咏天台山

浙东神秀地，山水共清幽。
飞瀑轰然下，青溪肆意流。
鹤从峰上过，人在画中游。
欲觅仙踪去，云深不可求。

春节回乡杂感

辗转三千里，回乡过大年。
家山行处老，岁月望中迁。
访旧心萧索，登临意怆然。
童孺多少事，一一落风前。

夫妻树

栖隐深山里，相依逾百年。
云间枝叶接，月下梦魂牵。
霜恶同携手，春来笑比肩。
风中长欲静，望处每堪怜。

荷 塘

炎蒸暑难耐，消夏访陂塘。
放眼田田翠，怡神袅袅香。
蛙声惊蝶梦，鸥影入鱼乡。
石椅悠然卧，荷分一枕凉。

自 题

归休无俗事，幽意守田庐。
乐此三分院，欣然一径蔬。
花间偶寻句，日下自挥锄。
坐看西山上，浮云任卷舒。

访长青村

家在青山下，门前国道通。
一庭桃李熟，百亩树莓红。
灵鹊鸣时瑞，邻翁话岁丰。
禾风引闲步，诗意满胸中。

游小南川景区

郁郁复葱葱，云山如画中。
清溪驱暑气，狭径起凉风。
揽胜心何远，寻幽水未穷。
危峰笑招手，谁个是英雄。

游贺兰山小水沟

人间秋已半，林壑气犹清。
云自峰头起，风从谷底生。
瀑泉良可爱，怪石勿须惊。
烽堠残垣在，遥听胡马鸣。

贺天目湖诗社成立三十年

灵秀江南地，千秋文脉传。
寻踪追大雅，问道仰先贤。
万里潮来涌，一帆风正悬。
声名卅年著，清世待新篇。

同窗聚会有怀

浮云十年后，重上杏花楼。
兴发心怀旷，情深笑语稠。
昔时同意气，今日各风流。
快饮杯中酒，相逢一醉休。

创业者之歌

商海风云起，男儿志四方。
雄心存虎略，豪气独鹰扬。
逐梦神州盛，躬耕大地香。
登高纵暇眺，旭日正辉煌。

咏大地公司无名湖

宁夏平罗大地公司总部有一湖，湖中有岛。岛上绿树环绕，幽花瑶草；湖中碧波潋滟，青葭水鸟。悦其清幽，歌以咏之。

平湖三百亩，清泚照心颜。
楼倚千重树，桥通九曲湾。
几丛葭郁郁，何处鸟关关。
暂得幽栖乐，风云半日闲。

卷五

七律

村居偶赋

十里良畴秀麦平，踏歌阡陌自怡情。
远村犬吠随鸡唱，野沼鸥飞伴鹭鸣。
风过花前香倍馥，水来柳外碧尤清。
吟魂偏爱田园趣，陇亩徐行诗半成。

游贺兰山水磨沟

潜通宁蒙境何偏，一路繁花景色鲜。
空谷听涛声浩荡，幽林窥鸟语缠绵。
采芝松下同心喜，揽胜峰头万象先。
茵草如毡天做帐，清风明月满山川。

咏阳朔山水图

渔舟逐水画中行，两岸群峰倒影明。
青霭飘摇出云岫，澄江宛转绕烟汀。
双飞白鹤沙洲舞，百啭黄莺花径鸣。
阳朔风光笔难绘，绝佳天下有谁争。

同窗三十年湖城聚会醉书

故人相聚共衔觞，执手唏嘘话短长。
半世悲欢随逝水，卅年风雨染秋霜。
红尘倦客心神悴，学海良朋意气扬。
把酒高歌拼一醉，一壶岁月一沧桑。

题踏雪寻梅图

雪霁天晴策蹇驴，寻芳陌野老怀舒。
山深隐见云中寺，水碧迷蒙溪畔庐。
别岸几枝香暗袭，前坡十里影横疏。
平生幽抱何人晓，一阕清歌向太虚。

中山陵

紫金山下自由钟，古木森森碧草丰。
墓道清幽松挺拔，祭堂中正殿崇雄。
寻医国疾无穷业，倡导民生不朽功。
船到中流余憾恨，神州何处哭秋风。

挽金庸

巨星陨落江湖远，侠客平生意气雄。

不见灵狐飞朔雪，徒闻白马啸西风。

桃花岛上芳菲谢，燕子坞中楼宇空。

恩怨红尘情事了，一川烟雨渺无穷。

西夏陵

沉寂长河数百年，几丘黄土共云眠。

陵台荆棘飞孤鸟，献殿沧桑泣远天。

万里雄图疑是梦，一朝王业恍如烟。

贺兰山下人如织，落日残垣徒怅然。

自　题

清贫恬淡日休休，名利由来不外求。
半亩诗田安岁月，一方陋室著春秋。
莳栽丛菊幽情共，闲爱孤云意趣投。
我以初心浇浊世，良知道义两存留。

自　题

一壶老窖一张琴，慰我平生郁郁心。
月下独觞花解意，庭前弄乐鸟知音。
酒酣乍觉乾坤大，曲罢方明岁月深。
缥缈桃源何处觅，今宵醉里梦乡寻。

听巫娜古琴禅修曲

薄雾高林旭日彤，深山古寺杳闻钟。
鸟啼芳树千峰寂，泉溅飞花百草丰。
紫陌有情悲旧路，红尘遗爱苦无踪。
白云舒卷清风过，雪爪鸿泥一梦空。

五十生辰自题

我本东篱采菊人，寄情山水笑红尘。
一壶清茗时光老，半卷诗书岁月新。
几案有琴堪洗耳，灵台无垢自安神。
余生试问归何处？五柳庭前鸡犬亲。

印象枫桥

诸暨之东东海滨，千年文脉宿心亲。
白墙黛瓦江南韵，翠竹青溪古镇春。
九里山陂隐高士，三贤[1]故里感真淳。
云庵遗迹今犹在，不见池头洗砚人。

宁夏回族自治区成立六十周年有感

六秩光阴绘锦篇，回眸沧海变桑田。
客游故地高楼栉，车过新区广厦连。
塞上风清飞白鹭，湖城水碧映云天。
同心携手康庄路，民族和谐梦更圆。

---

① 三贤，指王冕、杨维桢、陈洪绶。

咏永子

本是深山玉化成，棋中圣品久知名。
拈观隐见蛟龙绕，轻叩微闻鸾凤鸣。
方寸楸枰寄清兴，二三良友惬高情。
胸襟但贮经时略，百劫纷争亦不惊。

咏陆羽

谁悯弃儿无所亲，幼依僧寺远红尘。
细分水品[①]陶陶趣，精撰茶经得得真。
笔底青云何隐约，胸中意气自嶙峋。
苕溪尚记疏狂影，诗在清泉月在身。

---

①《水品》《茶经》均为陆羽所著，《水品》今已失传。

苏 轼

苏子才高迥绝尘，诗文雄健笔通神。
词开豪放时人誉，书蕴风流后世珍。
月下寂寥空感慨，天涯漂泊倍艰辛。
诚知宦路风波恶，何不归田寄此身。

凉州印象

长河落日景依然，烽火狼烟不再传。
天马铜驼追往事，凉都夏郡述前缘。
曾经陇塞干戈地，今变乡闾菽黍田。
莫唱阳关三叠曲，应须清世赋新篇。

武威文庙

叠户重门庙宇深，苍松翠柏郁森森。
花明池苑摇清影，鸟隐枝头啭妙音。
礼乐河西开绛帐，声名陇右聚青襟。
伤麟叹凤嗟时矣，一束生刍系寸心。

高　士

家住河滩七里村，水车石磨古风存。
昼眠梦逸多寻胜，夜钓归来不闭门。
半栋诗书揽今古，三分庭院度晨昏。
几多白首丹心事，尽付林泉月一痕。

村　居

独步寻芳过小桥，乡村四月正妖娆
迎风杨柳天然韵，历雨桃花别样娇
水上游鹅歌自在，林间啼鸟啭逍遥
此心久慕田园乐，麦浪青青绝市嚣

新中国成立七十周年有感

浩气峥嵘七十年，神州旧貌换新天。
蛟龙鲛室寻珠异，玉兔蟾宫折桂先。
行处山川多秀色，望中乡野漾祥烟。
同心共筑新丝路，华夏腾飞逐梦圆。

沙坡头新咏

长河落日景依然，大漠孤烟越万年。
羊筏漂流争浪上，驼舟跋涉走天边。
曾经汉使单车过，又见商通一路连。
莫唱阳关旧时曲，还须今世赋新篇。

咏石嘴山

黄河两岸贺兰东，旖旎湖山入画中。
古刹梵音空寺月，苇舟渔唱散荷风。
一城灯火欣时泰，万户人家歌岁丰。
信是朔陲征战地，民和物阜乐融融。

回乡有感

阴云漠漠笼荒村，小院湮芜老屋昏。
犹记畦庭锄岁月，曾经露井饮寒温。
不闻鸡犬声闾巷，但见人家尽闭门。
试问乡愁何处觅，一庭烟雨了无痕。

贺石市诗词学会成立

奠基垒石筑金台，雅士骚人次第来。
兰岳云烟生逸兴，沙湖鱼鸟蕴仙才。
一园桃李蓝图绘，万亩梧桐胜地栽。
日暖风清秋正好，诗花朵朵趁时开。

机上观云

借问舷窗云几重？风光旖旎幻无穷。
苍茫雪岭风光异，迤逦冰河气象雄。
乍见神龙追落日，还惊天马踏长风。
瑶池仙子知何处，天路茫茫或可逢。

岁末感怀

床头辗转意如何？岁月匆匆感慨多。
笔底幽情难散落，胸中豪气暗消磨。
诗田芜杂还须耒，世路苍凉已惯过。
夜半谁人弄清乐，渔舟晚唱醉鸥波。

老　兵

舍却勋名隐竹村，德馨乡里野人尊。
修桥劝学高风在，嫉恶扶危古道存。
三亩薄田安岁月，一壶老酒度晨昏。
醉酣赤膊狂呼走，谁识胸前诸弹痕。

山　中

山中徒步意如何，幽谷风来爽气多。
觅食羊羚跻峭壁，乱飞鸡雉噪前坡。
危崖奇石磐无语，深涧清泉静不波。
纷攘世人谁似我，闲中岁月任磨跎。

读《渔父》有感

彷徨泽畔待如何？故国艰危悲慨多。
愁里丹心唯寂寞，胸中正气任消磨。
洞庭犹记孤臣泪，云梦时闻逐客歌。
一棹沧浪清复浊，且随渔父醉鸥波。

夏风百期有感

朔方自古干戈地，大漠长河饮夏风。
逸兴千杯追太白，扬帆四海赖秦公[①]。
百期阆苑新枝茂，五市诗坛硕果丰。
后浪奔腾逐前浪，弄潮沧海是英雄。

---

① 秦公，指宁夏诗词学会前会长秦中吟先生。

美猴王

曾经最羡美猴王，金棒千钧意气扬。
盗酒偷桃频啸傲，齐天搅海肆猖狂。
难逃佛手嗟囚苦，独抱禅心悟道长。
回首西行劫波路，一山一水尽沧桑。

咏贺兰砚

巧匠精工细琢成，高居五宝享清名。
详观隐见寒烟绕，轻叩微闻紫玉鸣。
万里湖山寻胜迹，半池水墨话平生。
挥毫且向云中舞，留得诗田画里情。

王总招饮四十年泸州二曲有怀

四十年来秘处藏，瓶身朴拙证沧桑。
三杯往事征帆远，半世生涯逐梦忙。
自笑孤怀惯风雨，但看两鬓各秋霜。
相期学圃南山下，云子清茶话夕阳。

龙泉村

龙泉胜景漫矜夸，花气芬芳水自嘉。
百户门开营事业，八方宾至著繁华。
山林适意元非梦，畎亩栖心幸不遐。
三五村人庭院里，一壶老酒话桑麻。

新　居

西望贺兰东眺湖，园林山水自成图。
千重绿树晨光媚，十里清波爽气舒。
卧榻听琴寻古意，倚窗待月惬吾庐。
二三同好时相聚，诗笔楸枰趣不孤。

咏梅岭玉

信是梅魂幻化成，玉中珍品久知名。
浑如雨后天青白，恰似秋深水澹清。
三百诗章留故事，五千年史觅前生。
世人谁解先民意？片石能窥远古情。

岳　飞

主昏臣佞杀英雄，还我河山梦已空。
痛饮黄龙徒憾恨，奉归丹诏鉴精忠。
丈夫合是沙场死，奸相焉能卧榻终。
碧血丹心昭日月，千秋犹唱满江红。

重回母校与同窗畅饮有怀

半世归来倍感伤，梦中几度溯流光。
堂前论道窗灯晚，湖畔交心林径长。
把酒放歌嗟岁月，临风凭眺叹沧桑。
曾经多少青云气，化作斑斑两鬓霜。

卷六

排律

咏灵武长枣

翠叶自欣荣，虬枝若卧龙。
幽花芬夏日，硕果醉秋风。
根吮黄河水，名播紫禁城。
驻颜支老病，延寿酝奇功。
日啖三枚枣，修成百岁翁。
世人如有惑，东海问安公[①]。

---

① 安公，即安期生，《史记》李少君对汉武帝说“臣尝游海上，见安期生，安期生食巨枣大如瓜”，后有“安期枣”之称。

沙　湖

谁将仙女镜，遗落在人间。
碧水清无那，青葭秀可怜。
一隅鱼发发，何处鸟关关。
山影摇犹静，蛙声断复连。
沙汀飞白鹤，烟浦乱红莲。
风送驼铃韵，飘然到客前。

忆乡下小院

予三十年前在乡下有一小院，院内遍植桃李梅枣。每逢夏日，院内绿树葱葱，瓜碧椒红。后因工作变动，离开小院，屈指，今已一十八年矣。昨夜，梦回小院，景物依然，梦醒，不胜惆怅，乃作。

那年那月那时光，小院葱葱夏日长。
梅子金黄油菜嫩，西瓜碧绿枣花香。
红颜妻子娴而慧，黑发慈亲达且康。
偶与嘉朋争黑白，时邀吟客论诗章。
闲来书卷寻真晚，兴起蔬畦耘草忙。
幽抱由来许松石，素心本自爱云乡。
故园一别人何处，客梦重归路渺茫。
一十八年飞掠过，再回首已半沧桑。

卷七

词

天净沙·陂塘

残霞落日烟峦，牧羊丰草溪滩，
塞上长空旅雁。
峰回路转，一坡枫叶流丹。

天净沙·山居

绿杨红叶黄花，竹篱茅舍人家。
远处青山似画。
葡萄架下，石枰云子清茶。

如梦令·同学聚会

一

曾记湖边小路，三五同窗漫步。
逸兴壮思飞，勾绘蓝图无数。
归去，归去，灯火阑珊夜暮。

二

四载同窗共处，今日一堂欢聚。
荏苒几春秋，互道人生甘苦。
回顾，回顾，似水流年飞度。

天净沙·星海湖之夏

远山落日残霞。平湖碧水青葭。

一径清风野花。

合消长夏，噪蝉飞鹤鸣蛙。

如梦令·北戴河街头漫步随吟

晓起风轻云淡，莺鸟街林婉转。

独步意欣欣，斑驳晨曦拂面。

慰眼、慰眼，一径妍花不断。

浣溪沙·谷雨次日北武当河随吟

薄雾重云失远山，斜风细雨惹轻寒。
落红芳树两缠绵。
吟客还寻诗里画，丁香空结梦中缘。
数声布谷送春残。

眼儿媚·沙湖

云淡风轻日暄妍。冲浪碧波间。
两三凫雁，蒹葭蔟蔟，荷叶田田。
驼铃远去斜阳晚，萦梦白沙滩。
游船渐远，凭栏凝眺，叠嶂重峦。

渔歌子 · 星海湖南域

十里清波野日西。芳林丰草绕长堤。
青嶂近，白云低。鸥飞鹤舞逐声啼。

渔歌子 · 闲钓

山净风轻晚翔鸥，渔翁垂钓小沙洲。
云淡淡，水悠悠，芦花似雪覆满舟。

减字木兰花·春日偶书

贺兰山下，绿树红花春似画。
星海湖边，三两渔翁垂钓闲。
长堤独步，林间飞来幽鸟语。
时近清明，新柳娉婷不胜情。

清平乐·伊人

伊人娇小，细看诸般好，
曳曳长裙身窈窕，恰似依人小鸟。
小园春色阑珊，曲廊桃李飘残。
燕子双飞双去，芳心何故愁烦。

清平乐·观贺兰山东麓葡萄长廊有怀

东风浩荡，四海翻波浪。
紫色葡萄牵梦想，荒漠顺成沃壤。
贺兰山下平冈，一川斗石苍茫。
热土生机焕发，大书漫写华章。

清平乐·暮春

小园花好，坪上青青草。
柳絮翻飞春欲老，迟日绿槐啼鸟。
惠风送暖飘香，藤廊架下清凉。
笑看邻翁博弈，白头鏖战沙场。

西江月·自题

生性疏狂散漫，但求自适逍遥。
沉迷诗酒乐陶陶，半世浑然不觉。
愚直不通时务，知心世上寥寥。
独行旷野路迢迢，前面风光缥缈。

西江月·游贺兰山大水沟

谷口塞垣烽堠，坡前老树寒烟。
苍鹰幽谷独盘旋，群雉争鸣岩畔。
小镇繁华不再，离宫遗迹沉湮。
红尘如梦梦阑珊，往事俱成虚幻。

西江月·黄沙古渡

古渡棹船犹在，孤烟大漠谁传。
长城烽堠走蜿蜒，榆塞雄风不断。
皮筏漂流湍水，飞车冲浪沙滩。
游人嬉戏各成欢，日暮流连忘返。

西江月·北武当河生态公园

烟柳娉婷堤外，野花摇曳风前。
清波十里碧云天，苍狗白衣皆幻。
静听蛙声自适，遥看鹤影悠然。
芒鞋行处醉流年，不问路途近远。

西江月·致苏刚兄

傲骨偏生义重，孤怀别是情真。
老来犹自素风存，屏上时传高韵。
趺坐禅心空彻，挥毫诗意凌云。
梵音雒诵绝嚣尘，世事不堪一论。

蝶恋花·山居

夜宿农家春睡好，晓月鸡啼，漫步林间道。
坡上野花敷碧草，枝头百啭千啼鸟。
旭日初升登岭眺，叠嶂峰峦，万壑松涛啸。
独立山巅云渺渺，他年唯愿乡山老。

蝶恋花 · 晚春

绿涨红飞春已暮，柳絮纷飞，尘梦浑无数。
子规声声啼不住，春愁黯黯无思绪。
回首浮生如梦路，物是人非，惊觉流年度。
凝看夕阳西下去，明年花开人何处？

蝶恋花 · 江门油菜花

二月岭南春信早，千里金黄，艳艳风光好。
新柳枝头啼野鸟，蜂飞蝶舞花间绕。
姊妹踏青追语笑，信手拈花，心事谁人晓。
独立花前身窈窕，花开并蒂芳心悄。

苏幕遮·八女投江

夜茫茫，云漫漫。绮梦华年，投笔平倭患。

林海雪营粮草断，风雨饥寒，艰苦犹征战。

陷重围，乌水畔。八女投江，浪谱英雄赞。

岁岁春花香两岸，巾帼忠魂，名迹垂青简。

卜算子·中秋

天上月儿明，应把乡关照。

犹记那年月圆夜，小院人欢笑。

乡野古风淳，四季湖山好。

待到他年羁倦时，共约乡山老。

浣溪沙 · 七里山塘

黛瓦白墙风物佳，画舟柔橹过人家。

小桥流水送年华。

皓腕明眸身窈窕，吴音软语弄琵琶。

小楼听雨试新茶。

浪淘沙 · 沙湖

冲浪夏风凉，湖水汤汤。蒹葭旖旎水中央。

荷叶田田鱼竞跃，鸥鹭齐翔。

兰岳郁苍苍，落日辉煌。驼铃声远韵悠扬。

一叶扁舟天际淼，知向何方？

浪淘沙·元宵

望月独凭栏，爆竹纷喧，烟花璀璨夜空繁。
万户千家盈笑语，举国腾欢。
今夕也无眠，岁岁年年，浮生能得几时闲。
何日竹林轻独步，诗逸心田。

浪淘沙·讨薪农民工

日暮朔风狂，大雪纷扬，行人路上各匆忙。
三五民工衙院内，苦闷彷徨。
灰脸破衣裳，境况凄凉，年关将近愈思乡。
老母妻儿翘首盼，泪断肝肠。

浪淘沙·北戴河

初夏日暄妍，碧海沙滩，渔帆片片白云边。
潮去潮来无竭尽，岁月悠然。
碣石屹千年，浮想联翩，秦皇魏武俱成烟。
今古风流多少事，都付闲谈。

临江仙·退休周年有怀

浪迹江湖三十载，归来安享清闲。
莳花种菜乐田园，观书神自逸，学圃意欣然。
暇日独游无远近，寻幽几入桃源。
溪山云水绘诗篇。余生唯适意，万事且随缘。

菩萨蛮·蟠桃峪

山环水绕蟠桃峪，停云依恋不思去。

村女洗衣归，欢歌笑语飞。

千寻临海峤，万壑松涛啸。

岭上百花开，何时王母来？

菩萨蛮·北武当森林公园

贺兰山下风光好，春风十里桃花笑。

三面柳娉婷，一池春水明。

花丛人窈窕，人面桃花俏。

穿柳拂花行，流莺三两声。

鹧鸪天·咏太极拳师王玲

习武经年道艺精。蜚声南北盛知名。
掌推太极阴阳动，剑舞乾坤风雨惊。
如鸟捷，似猿灵。腾挪进退一身轻。
开弓莫道廉颇老，跃马沙场谁与争。

鹧鸪天·富栖田园小镇

梦里仙源尚有痕。贺兰山下觅真淳。
一园鲜果天然韵，千亩畦蔬倍觉亲。
遗迹在，古风存。那年故事旧墙陈。
闲来种菊东篱侧，清茗枰棋候故人。

鹧鸪天·母校所见有感

二十世纪八十年代，予在宁夏农业学校（位于银川罗家庄）就读四年。彼时校园林花葱郁，教学楼、实验楼、宿舍楼、图书馆和食堂一应俱全。教职工百余人，在校学生过千人，一代人在此留下了最美的青春记忆。近日因事赴银川，夜宿母校附近，遂入校园追寻往日足迹，但见残楼断垣，荒草芜木，一片衰败景象，不胜感慨，因成此诗。

一别黉门三十年。重来不复那时颜。
高楼蛛网雀巢结，玫苑梢林衰草连。
哀此日，忆从前。青葱往事作云烟。
西风萧瑟残阳尽，伫立空庭独怅然。

鹧鸪天·伊金霍洛草原篝火晚会

暮色苍茫暗草原。半轮明月挂中天。
踏歌篝火欢声动，醉舞轻风笑语喧。
神奕奕，步珊珊。羔羊美酒列盘餐。
生涯本是山阴客，邂逅相逢自洒然。

备注：山阴客，典出《世说新语笺疏》，王子猷居山阴，夜大雪，眠觉，开室，命酌酒。四望皎然，因起彷徨，咏左思《招隐诗》。忽忆戴安道，时戴在剡，即便夜乘小船就之。经宿方至，造门不前而返。人问其故，王曰：“吾本乘兴而行，兴尽而返，何必见戴？”

鹧鸪天·过夔门

信是神工鬼斧开。天兵十万下云埃。
奔雷疾走惊危岸，飞雪横流拥断崖。
观胜景，抒吟怀。胸中豪气感时来。
欲寻李杜诗踪去，风急猿啼情自哀。

行香子·慈母八十大寿

稚幼昏盲，身世堪伤。逢家难，携子离乡。
峥嵘岁月，穷尽沧桑。
历几寒暑，几悲怆，几风霜。
德披邻里，温良仁厚，始行成四世同堂。
芝兰绕膝，筵乐飞觞。
愿心无忧，身无恙，寿无疆。

行香子 · 湖中观雪

风卷寒云，雪舞长空。看茫茫一片残冬。

蒹葭瑟瑟，洲渚濛濛。

顾山无影，湖无色，鸟无踪。

携朋载酒，行歌弄笛，饮野亭笑语从容。

寄情句里，逸兴杯中。

但趣相投，性相近，道相同。

水调歌头 · 山叶口

美哉山叶口，郁郁复葱葱。

冀东名胜，地质文化世推崇。

六股神松卓立，五彩石林挺秀，造化蕴奇功。

白云自来去，芳树满山红。

攀石阶，掬泉水，沐清风。

桃花源里，野径独步意从容。

岭上山花林鸟，幽涧清泉飞瀑，爽气涤心胸。

安步南山下，何必羡陶翁。

水调歌头 · 女儿考取南京中医药大学有寄

雏凤试新羽，跃跃舞清风。
一飞千里云霄，振翼到江东。
云绕紫金山麓，绿映杏林[①]学府，佳气郁葱茏。
琅琅书声远，国手蕴其中。
岐黄梦，悬壶志，几人同？
望闻问切，百草针灸显奇功。
古有伤寒杂论，今有青蒿治疟，盛世愈尊崇。
修得仁心术，处处有高桐。

---

① 杏林，相传三国吴董奉隐居庐山，为人治病不取钱，但使重病愈者植杏五株，轻者一株，积年蔚然成林。后以“杏林”代指良医，并以“杏林春满”称颂医术高明。

水调歌头·游贺东庄园

驳马三百里，迤逦入云空。
贺兰山下，贺东佳酿世推崇 。
几度欧都[①]折桂，美酒香飘四海，声誉震寰中。
累累枝头上，硕果醉秋风。
访老藤，探酒窖，意酣浓。
蜂飞蝶舞，一径秋色野花红。
暂借园亭一角，邀宴诗朋酒侣，风雅古今同。
击节豪情逸，诗酒论英雄。

---

① 欧都，指布鲁塞尔，现为欧盟所在地。贺东庄园葡萄酒多次获得布鲁塞尔国际葡萄酒大赛大金奖和金奖。

水调歌头 · 北武当河生态公园

小城胜赏地，众口竞相传。
一河清水潋滟，无意绘云天。
两岸繁花铺锦，千亩葱林横翠，万象共澄鲜。
初日照林径，岁月影斑斑。
伫水亭，凭栏眺，意悠然。
冲天一鹤唳起，矫首向云端。
昔岁蓬蒿遍野，今日游人满径，百姓尽欢颜。
好鸟频邀我，云水共流连。

八声甘州·星海湖南域湿地公园

问谁将玉镜落人间，好景画图中。
看半湖葭苇，一堤烟树，十里花红。
更有枝头鸟啭，蜂蝶绕芳丛。
潋滟明波上，鸥鹭从容。
须念平生夙愿，但林泉野客，花下诗翁。
况幽偏野趣，游赏乐无穷。
伫湖堤、云山倒映，豁我怀，水阔鹤啼风。
荷亭上，踏歌长啸，逸兴谁同？

卷八

名家点评

访友人

柴门茅舍柳丝长，瓜碧椒红梅子黄。

茗弈不知时已晚，归来犹觉紫萱香。

杨逸明点评

本诗截取了访问友人的一个生活片段。先写景，一派田园风光，恍如世外桃源，蔬果的色彩还很鲜明。遇见友人，又是喝茶，又是下棋，竟然不知不觉相处了一天，直到太阳西下才告辞回家。回到家才觉得是把紫萱的花香带回到家中来了。也许是刚才在友人家只顾喝茶和下棋，根本就没有留意花儿这么香。古人云："诗不能写者，付之于画；画不能写者，付之于诗。"其实有时候，有些画面能够付之于诗，例如这首诗的前两句，就是诗中有画。但是后两句的访问友人，喝茶下棋之后又把花香带回家来的一个过程，也只有诗能够讲得清楚，寥寥十四个字，给人留下了无限的回味，恐怕倒是难以付之于画的。

杨逸明简介

1948年8月生于上海，祖籍江苏无锡。第二届、第三届中华诗词学会副会长。现为中国作家协会会员、中华诗词学会顾问、上海诗词学会副会长、《上海诗词》主编。已出版诗词选集有《飞瀑集》《新风集》《古韵新风》《路石集》等。

咏贺兰山

贺兰风景异，峭壁石嶙峋。

蜑寂时闻鸟，山幽不见人。

崖前松似盖，涧底草如茵。

坐看云来去，清风涤俗尘。

莫真宝点评

晋人孙绰曾嘲讽名士卫永说：“此子神情都不关山水，而能作文！”山水之乐，见仁见智，古今诗中对此多施以浓墨重彩，皆不乏精到之笔。

这首五律摹山范水，围绕“异”字展开，或描异之形状，或抒己之情愫，自然而混成，颇有唐人风致。首句平起点题，言贺兰山风景不同一般，而以仰视峭壁巉岩承之。

颔联自峭壁而下，状鸟鸣林寂，人杳山幽之景，是寓目辄书。颈联复仰观俯察，崖前之松，亭亭如盖；涧底之草，油油如茵。刚硬之松，柔嫩之草，亦足以相济骋怀。故尾联结以此境与“我”之关联：坐看云来云往，任清风洗涤胸中尘俗之气，到此戛然而止。全篇语如贯珠，妥帖圆溜，可见似唐之作，亦未始不能抒发今人之观感。惜诗中以为“异”者，他处山水亦多有之，非独贺兰山风景之“异”也。

自表达而言，“林寂”句与王籍“鸟鸣山更幽”异曲同工，而语颇蕴藉；“坐看句”似承王维“坐看云起时”而来，而意增云灭。倘下笔太实，则颇乏灵动之姿，“似盖”“如茵”之喻，即有此弊。

莫真宝简介

湖南常德人，文学博士，中华诗词研究院学术部副主任，中华诗词学会常务理事。

有 寄

寄意湖山万事轻，烟波独棹与鸥盟。
闲来涂抹云笺上，宋韵唐风自在耕。

雷海基点评

诗惯用比兴手法，这种手法的好处是景象朦胧，意蕴深沉，耐人寻味，此谓之意韵。这首诗便如此，诗表达的是向往、追求自在，即结句的“自在耕”。这个意愿不直接道出，而是先描绘一种空阔、独处，只与自然界为伍的状态，在山间的湖上，独自行舟于烟波，以水鸥为伴。在游山玩水之余写诗词。

如果再细品，有闲时写诗填词，那么这个闲也不存在，还是忙于诗词，终究未得十分自在，不过换成了诗奴。闲与不闲是相对的，人没有绝对的自在。可见，诗写得成功。

泸州诗酒会醉酒有感

持身不饮已经年，一入泸州频醉眠。
四海相逢多雅客，半因美酒半诗缘。

雷海基点评

诗善于制造冲突碰撞，在碰撞中产生火花。这首诗的冲突碰撞是不饮酒与大醉。已经多年不饮酒了，可到了泸州却醉了，而且是一醉不醒的大醉。产生这一矛盾现象的原因是什么？制造了一个悬念。诗的结尾给出了答案，除了酒之外，还有诗人朋友相逢。足见好酒与诗友都有巨大的魅力。

蟹

六跪二螯惯称雄，横行无忌目中空。

烦君且待秋高日，终是难逃青变红。

雷海基点评

咏物诗的要诀在抓住物的特征，由特征引申，抒情发意。特征无非人能感知的声、色、味、形、名、性等方面，这首诗在蟹身的颜色上作文章。青是蟹的生命色，红是蟹的死亡色。生时横行霸道，目空一切，也不免变红作死。描写的是现象，蕴含的是事理：无论谁都难免一死。横行霸道会自取灭亡。本诗有张力，又具意蕴。

黄沙古渡见鸿雁西归有感

千里长河百里沙，渡头落日冷蒹葭。

西风雁阵声声远，渺渺云山何处家？

雷海基点评

诗善于烘托氛围，做足铺垫。诗人为写出高飞秋雁寻家的艰难困苦，前三句着力描绘空阔，遥远，苍茫，寞落，清寒景象，给读者以孤独无援，归途漫漫，无以为家的感觉。从而得出家温暖、家可贵，值得珍惜，值得热爱的结论。诗的结尾，水到渠成。

五十生辰自题

我本东篱采菊人，寄情山水笑红尘。
一壶清茗时光老，半卷诗书岁月新。
几案有琴常洗耳，灵台无垢足安神。
余生试问归何处？五柳庭前鸡犬亲。

雷海基点评

诗中“我”的意味浓，有三处直接称我：题目的自题的“自”，是自己，首句起头的“我”，第七句的“余生”。两处代称：洗耳的耳，是我的耳朵，安神的神，是我的精神。第二句的“笑红尘”，是用笑这个动词表现“我笑”，尾联上下句的一问一答，是我的口气。作者的形象清晰可见，读来倍感亲切。清代张问陶诗云：“诗中无我不如删，万卷堆床亦等闲。”可见，诗中有我的重要。

印象枫桥

诸暨之东东海滨，千年文脉宿心亲。
白墙黛瓦江南韵，翠竹青溪古镇春。
九里山陂隐高士，三贤故里感真淳。
云庵遗迹今犹在，不见池头洗砚人。

雷海基点评

诗的布局取总分式，首联端出“千年文脉”，提醒读者对枫桥的印象，虽然有江南水乡之美，但主要是美在人文。诗的后半部分都是写人文，举例说明有高士隐山，有三贤故里，有云庵遗迹，有古洗砚池。千年文脉是总领，后面举例是对总领的说明。诗如文章，有论点，有论据。在形象描写的同时，又有很强的逻辑性。

古迹犹在，人却不见，见中有不见处，不见中有思念，令人不禁产生联想。而具有想象的诗是高层次的，因为想象有着无限的意蕴，增添了诗的魅力。

机上观云

借问舷窗云几重？万千旖旎幻无穷。

峥嵘雪岭襟形壮，迤逦冰河气象雄。

乍见神龙追落日，还惊汗马踏长风。

瑶池仙子知何处，天路茫茫或可逢。

雷海基点评

诗人借在高空飞机上观看长天和大地的景象，着意营造和抒发雄健豪迈之气，其诗眼即第四句“气象雄”的雄字。为表现雄气，首句用问，气势逼人，次句用“万千”一词，再添气势。颔联用两个壮语：壮、雄。颈联用两个富有力度的动态词：追落日，踏长风。尾联又以问作结。自始至终，多种雄健方法并用，致诗风雄浑。唐代司空图有“诗二十四品”一文，将雄浑置首位，足见雄浑诗风之贵。

同窗三十年湖城聚会醉书

故人相聚共衔觞，执手唏嘘话短长。
半世悲欢随逝水，卅年风雨染秋霜。
红尘倦客心神悴，学海良朋意气扬。
把酒高歌拼一醉，一壶岁月一沧桑。

雷海基点评

趣为诗之宗，诗界有无趣不成诗之说。趣有景趣，情趣，理趣，语趣等。这首诗除情趣外，还兼语趣，语趣主要表现在数字运用。八句诗，连题目，共用了六个数字：三十年，半世，卅年，加上三个“一”字。如果加上具有数字意蕴的共、长、短等字，数量感更强。三个“一”字又都在尾联，读起来别有韵味和节奏感。连续用同一个字，有叠加效果，共振作用。认真研究使用数字，也是写好诗的一个技法。

雷海基简介

江西进贤人，军旅诗人，著名诗词评论家，获全国第七届华夏诗词奖优秀论文奖，多次参加全国中华诗词研讨会、海峡两岸中华诗词论坛、中华军旅诗词研讨会并发言。著有《诗词快速入门指导》《古今名家论诗词语录》《好诗创作谈——雷海基诗论文选》。

登高遇雨

天暝鸟飞急，山醉乱云横。

且就危亭上，坐听风雨声。

李梅点评

本诗是一首难得的好诗！前两句“天暝”“鸟飞急”“乱云横”极尽渲染之能事，形象生动，尤妙的是“山醉”，人格化的描写，烘托风雨之狂，仿佛使山也在摇摆、晃动，而“乱云横”将山雨欲来，乱云飞渡的景象尽显；同时这两句写风雨之疾、之猛，亦为下文从容“坐危亭”“听风雨”张目。后两句由天气的风骤雨急转入危亭中人但坐“听风雨”的镇定淡然，境界全出，颇有东坡“莫听穿林打叶声，何妨吟啸且徐行，竹杖芒鞋轻胜马，谁怕！一蓑烟雨任平生”的达观洒脱。格调、情怀不输唐人佳作。

宋韵唐风自在耕

——《枕石集》后记

寄意湖山万事轻，烟波独棹与鸥盟。
闲来涂抹云笺上，唐风宋韵自在耕。

这首诗是我在2017年春节写的，是我的理想，也是我一直以来的生活追求。

自幼我就对中国传统文化尤其是古诗词情有独钟。古诗词悠远的意境和无穷的韵味都令我着迷。记得上学的时候，每次拿到语文课本，总是第一时间将课本上的古诗反复诵读，直至滚瓜烂熟。一直到现在，课本上的诗词都能倒背如流。15岁那年，偶然在书店看到一本《唐诗三百首》，爱不释手。

那时家里生活条件很差，每学期的学费都是母亲向邻里筹借的，哪有多余的钱买书。后来想方设法收集一些破烂卖了，才买了平生第一本书。考上中专后，虽然学了农学专业，但是对诗词文学的兴趣不减。学校图书馆丰富的藏书令我惊喜不已，每天上完课，便一头扎进书籍的海洋，撷英拾贝，如饥似渴。学生时代，我阅读了大量的文学和历史书籍，为以后的诗词创作奠定了深厚的基础。

参加工作后，我喜欢用文字记录心情和感悟，写过一些散文、小小说和诗。只是诗写得很随意，还没有掌握基本的格律知识。2012年，一个偶然的机会认识了于海洲老师，在他的鼓励下，开始古体诗词创作。2015年初，我参加了中华诗词学会主办的高级研修班，得到乔树宗老师的悉心指导。通过一年的学习，初步掌握了古体诗格律及写作技巧，我的作品陆续在《诗刊》《中华诗词》《中华辞赋》《草堂》《朔方》等刊物上发表。

宁夏因兼具塞上的雄奇和江南的秀丽，而被世人称为“塞上江南”。生于斯、长于斯，它悠久、厚重的历史和文化给予我创作的灵感。我对这儿的山川草木都非常有感情，贺兰山、黄河、沙湖就是我创作的源泉。

一直认为写诗是讲天分的。比如李白斗酒诗百篇，绣口一吐，半个盛唐；而贾岛则是“二句三年得，一吟双泪流”，写诗殚精竭虑，辛苦之极。我天资愚钝，加之懒散，既没有李白的天分，也没有贾岛苦吟的精神，学诗十几年，总共也就写了四百多首诗。所以特别羡慕那些才思敏捷的人，一天就能写出十几首作品。

或许是受陶渊明、王维等人的影响，一直向往闲适平淡的生活。张潮在《幽梦影》中说：人莫乐于闲，非无所事事之谓也。闲则能读书，闲则能游名胜，闲则能交益友，闲则能饮酒，闲则能著书。天下之乐，孰大于是？时间回到2017年大年初一，新春的暖阳从明亮的窗泻进屋子，我坐在沙发上，边喝茶边欣赏一株新开的兰花，真正体会到苏轼“人间有味是清欢”的诗意，欣然写下了“寄意湖山万事轻，烟波独棹与鸥盟。闲来涂抹云笺上，宋韵唐风自在耕。”这首诗，寄语未来生活。彼时我已届天命之年，距离退休还有十年。想到还要工作这么多年，心里隐隐有种恐惧和不安。人的一生就那么点儿时间，自己喜欢的许多事情，都还没有做呢，比如旅游，比如找一方小院，种花种菜，邀三五好友喝茶弈棋。如果到六十岁之后再去做，真的有点力不从心，于是想到了提前退休。2021年6月，我如愿办理完手续，正式开启了退休生活。

闲了，出版诗集的事提上了日程。年前将近十年来的作品进行整理，选取五绝、六绝、七绝、五律、七律、排律及词，凡三百余首作品，辑成《枕石集》。书名出自三国曹操《秋胡行·其一》“遨游八极，枕石漱流饮泉”。

《枕石集》集结成书过程中，得到许多诗家和诗友的鼎力相助。非常感谢韦树定先生在百忙中抽时间给我的诗集作序。韦先生虽然小我二十岁，但才华横溢，诗书俱佳，尤其是古汉语功底深厚，我素来敬仰，能得韦先生作序，深感荣幸！感谢刘长军、白存权两位老友对诗集提出许多宝贵的修改意见。我们因诗结缘，声气相合，有此良友，此生不虚。

最后感谢于海洲老师和乔树宗老师，两位先

生是我学习诗词的启蒙人和引路人，祝愿他们幸福安康！

中国诗词文化博大精深，真正要成为一个如韦树定先生所说的诗词造山者，需要毕生去追求、探索。《枕石集》难免有许多不尽如人意之处，敬请读者批评指正！

2023年6月28日